斑馬線
Zebra crossing

鏡像

創世紀65年詩選
(2014-2019)

108家詩人的108首詩

詩歌是地球轉動的傾斜角，我們小小的日常也有四季，像一年四期的創世紀。

辛牧、嚴忠政、姚時晴 主編

目錄

輯二　若有其事　049

【序】
書寫與折返

◎創世紀編輯部

一首詩的美學歷程，其實也是一種「鏡像階段」。詩人在篇幅有限、寬幅侷促的鏡中，重新「認識」這個世界，同時也供自我校讎！既是讓「鏡子」重新送返一個「意象化」的世界，同時也送返一個「我」作為詩人「理應如此」的存在與形象。

寫下一首詩，更多時候是等待讀者去注釋「那秘不示人的部分」，獲致理想的觀看與理解。雖然鏡中有時抽象，有時變形，有時戲謔，更多時候是將「我」隱蔽自身的難題留在現實世界！但也正因為這些難題（這些最幽微的命題），才得到不同於現實的向度與演繹，詩才更顯得可貴。於是我們選輯，留下 2014-2019 這五年的「鏡像」，如同過去《創世紀》也曾經以不同的抽屜留下明信片、植物膠囊、太尖的筆、多音節的哀愁，或以保險櫃留下「完形」（Gestalt）。

拉康認為「鏡像階段」本身的成立要由第三人稱（他者）的目光支持。同樣的，我們或許是透過微笑，或許是某種閱聽的愉悅，那些原本邊界曖昧、不明確的東西才得以確認。因此作者和讀者在這本選集裡，就像回到某種造景，用一種最親密的方式相遇、指認。也為了這些，我們巧設名目，妝點五年一次的紀念日，就在特殊紙材的影像裡告訴讀者：詩歌是地球轉動的傾斜角，我們小小的日常也有四季，像一年四期的創世紀。

本書共分六輯，108 家詩人的 108 首詩各有「姿態」。從輯一的〈寂寞平均律 05〉開始倒數一種輝煌，即使「某些細節失去倒影」，但詩人要的仍然不是修辭學的那種乾燥。透過不斷書寫與折返，我們一再調整姿態，讓寫作一直保持創造性，重組那些光怪陸離的政治語彙，也重組那些悲傷的事。

【輯一】

寂寞平均律 05

康書恩

寂寞平均律05

那一刻。
我們坐下，拘謹
如此相似
有時月光
更多時候你是
停止敲鐘的午夜
幾乎忘了遠方
盡是等待
彷彿某些細節
失去倒影
潮濕而空曠

曹馭博

在黎明前

“que el sol disipa con un gesto” Octavio Paz

你喜歡黑色的東西
我把眼睛給你

現在，永恆
一點一滴讓給你
桌燈將光束收折起來
窗外的風還沒說話
——風不想說話

你是半透明的小孩
我愛你勝過啜飲黑色的酒
痛苦難聞的夜晚
只有黑色的酒

你喜歡黑色的東西
我把眼睛給你
——我遵守律法
吃三顆方糖

獻上白天該有的歲數

我躺下的身體
比即將看見的太陽
更加沉重；
落葉失去眼睛
一頭撞在玻璃窗上
窗外正在燃燒
太陽招手
將鳥群殺死

孫維民

一個男人

這些樹幹、車輛、大小建築
以及兩足無翅的生物
在他眼中
完全是另一種風景：

麻雀變成刺蒐或土狼
棲息在櫥櫃上
開啟檔案
出現魚骨、金幣、錐形火山

尚未傾斜的樑柱持續地飛
已經完工的樓梯通向虛無
路標投影
黃葉中央躺著女陰

從冰茶到靈魂
從真理到手機
對他來說
那是她的乳房到七點的距離。

難以斷言他的風景謬誤
〔雖然極有可能〕
就像你我
他只能夠以人性的眼思索

徐珮芬

取暖後動物感傷

雨勢漸緩的時候
你正在擦拭窗戶
我很想請你停止
這些徒勞的舉動

我看你望向外頭
灰色的大樓和灰色的天空
我知道你想起一些
年輕時狂戀的法國電影
你並不看向我
你有你的女主角

你低下頭開始打手遊
你說這令你放鬆
我凝視自己的十隻指甲
鮮紅色的部分剝落了一點點
希望它們遺留在
你的身體裏頭

我閉上眼睛假裝睡著

長得越大
心願越小
誰來讓我忘記自己的名字
然後給我一個家

李進文

鬼的事業

鬼起初是一縷，隨著歷史發展成一片、一隻、一幢、一座，
發展成一顆心，對自己恐懼。

美個鬼，醜個鬼，他們說鬼
鬼在人間尋覓自己想要的樣子，太急了直接穿牆。
人的生命中，很多事情變成殭屍，起初不動，後來用一跳一跳
印證麻木，
麻木會咬人，跟吸血鬼一樣
最想咬的是頸子——它支撐魔鬼的想法。

某夜在路邊的攤位看見人
人在叫賣魔鬼，天使們圍聚，惡意秤斤論兩的。
神馬的路，煙塵如福音，人常常造成鬼追撞。

身而為人，
受膏、放鹽、唱聖詩，
以十字架退散神明管理不佳的世界。
符、劍、印、鏡，趨鬼的時候，
這些工具也曾自我懷疑：
人鬼之所以殊途，

一定是鬼對人，死了心。

鬼自己選擇成為鬼，這是一個自由民主的社會，
鬼也投票，落選的，投胎做人。
鬼經營的事業不是嚇人，是直銷、開拓那些不再心懷鬼胎的人。

鬼不能理解的是，愛與不愛的冥婚。
鬼最多產的時刻是脆弱，那時每一炷香牽引可怕的回憶：
那時，蟬拍手鬼叫，
那時秋千無人自盪。

任明信

記得

那裡存放著時間

時間跳舞
時間說，永遠
時間有你最喜歡的聲音

那裡有你喚不出的
植物的名字
一座安靜的山
一口能飲的井

我們在那裡
一起學鳥的語言
行走於葉脈
看蟲的步履
聽每一顆石頭呼吸
擁抱此時此刻的雨水

你說
有比好看的人

更加好看的人
但美麗
無法取代
另一種美麗

你說
我愛過你

楊瀅靜

枯木

1.

你的小指嶙峋
因為孤獨
所以給了你一枚綠色的戒指
太貪心了
想牽住你
借來許多枯枝
大大小小
長長短短
排列成手
交疊之後
不再是易折的骨

2.

讓每一根指上
都承受一枚戒
而茂盛的秘密要等
結婚誓言宣讀之後
你綠髮上嵌織

陽光閃閃的金線
夢幻陰影的髮飾
明暗之間落著輕輕鬆鬆的吻
再說再說

3.

塵埃翩翩起舞
蒙塵的種子不再殉難
它長大之後
可以是橋是帚是
另一根枯枝
死而復生的嫩芽
瞭若指掌春天的秘密

零雨

白翎鷥

他住的地方電話
號碼 03 開頭

聖彼得堡——
聖是世界的暱稱
彼得是他的暱稱
堡是那地方的一小點

我圈養了這塊地——

在椰林旁邊
芭蕉樹下

一個夏日蚊蚋密商
的幽徑陰影——

楊婕
假掰

許久沒問：你好嗎（我們復合吧）
可以攻打的世界曾經很大
我知道你也有
對整疊通訊錄撥號的童年
找不到人仍覺得安全

那些王大明黃小美李小琪
都到哪裡去啦
遠方那副講電話的喉結
還在眼前跳動
引逗整個夏天的口水

流過幾次汗
怎麼就縮小了戰場
完美的青春
無法出手的招數太多
明明是急切的未接
硬要用沒練就的忍功

魯蛇如我何能趕上

這充滿智慧的時代啊
那就換個方式
假裝掰掰吧

雖然總是戳不到心中那支號碼
打錯時也要
纏綿地斷線
在這幾秒間

陳牧宏

愛我更洶湧

電梯壞了
天空更遙遠

躺在雙人床上
地板又冰又冷
窗碎滿地
寂寞很硬

雨不停，大醉，
噴射機飛過天花板
漏水大規模落下
煙圈濕濕悶悶低低的

是那樣子的男孩
凌晨一點鐘
徘徊在三溫暖
或小酒店外
二十幾歲
已經千瘡百孔

那些傷口
咬的燙的割的
安安靜靜流血
安安靜靜結痂

沉默裡多霧
想說的話只露出
銅綠色眼瞳
窗戶外的世界
充滿猶豫

心照不宣
男孩和國王
都沒有穿衣服
同床共謀
擁有彼此小小的火焰
想看清楚時間
如何發射
如何墜毀

夜更深
黑眼圈更黑
眼神非常燦爛
人生越來越荒謬

夢越來越清醒
或許可以
用冰雹打擊我
傷我更重
或像傾盆大雨
濕透我，愛我更洶湧

丰巖

反正你已經使用過了

在夜裡扛起自己的身體
將夢想犁出一條路
最遠的那條始終被稱作思念
偶爾掛念老家
卻總是不打電話
想一些值得拼命的理由
忙碌著去死
到頭來卻成為乾乾淨淨的路人

每日忠誠著
進行買賣原則的公式
把生活刪來刪去
如果歲月的腳長得夠長
我會跨越一切（跨越的包括——自稱乾淨的媒、
永遠合法的雇主、不曾過勞的體制）
抵達美好
看理想的側臉
還有多少面積是乾燥的嘴唇
可以親近的
然後，今晚我又將新鮮的我

雕花、鏤空成為一個漂亮的「你」

這樣做，你（我）喜歡嗎？
我們循環作息
滾動著輕薄如你的複利
你閱覽輝煌
結果，在遠方挑逗著我們
但晚景卻更令人掛念
進一步來說
那都是難以回頭的夕陽工業

你偉大，你指揮著城市
一條條汗水構成的河
理想是城市之外的聲聲悶雷
白雲，是藍天過眼易逝的微薄薪水
你總說，今日的我已經使用過了
是的
但明日新鮮的我呢？

遠方的風景
正等著，有人來替換
蒼白的我們

林宇軒

身體

流動成為水
流動在人潮中
在人潮中流動成為水
成為水。在人潮中流動
在人潮中流動成為水
流動在人潮中
流動成為水

進入迷宮躺下。聲音穿梭
想像一把火燃燒
想像你就是火。從腳跟
往膝蓋拔營，拔營
以及閃躲。沒有煙灰與爭吵
現在駐紮在腹部，現在
抵達胸腔。起伏
想像恆星
想像自己是恆星
運轉在宇宙持續燃燒
兩側的肩膀持續
燃燒，直到固體與液體

兩種相悖的說詞
同時抵達另一顆星球

呵護自己如一小撮燭火
如呵護彼此如水
如閉眼而知道現在
如對視，如正視對方
看穿瞳孔背後的神
如神的安全
神之後的寧靜
如每個寧靜的神
呵護每場顫抖

最後貼近蟲，貼近
每一隻蟲。爬行躁動
成為蟲然後停止。停止
然後成為水，成為蟲然後
成為星系成為
星球，在感知的呼吸裡
成為每種溫度
成為火，然後燃燒

利文祺

愛人的彼此朗讀

讀你的時候將比時空
更緩慢、更寧靜，比霧更濃
比星空架起的夢更真實、更安穩
燈火照亮你我之間的相繫
如一條孤獨的線索永遠指向你

以生澀的語法讀一本
法語小說，體驗一次異國旅行
蟄伏於你的肩胛，再爬上起伏的胸口
並佔領它們，直到你轉身像曲折的情節
並聽到鷓鴣的呼叫，消逝在遠方

往復展讀你的身軀
以及抄下閱讀過的句子
夾進我的擁抱，成為我的一部分
再讓久違的戰機落入你的港灣
讓衝突加深，並升溫，最後在文字之間
沉默，以暴力完成交付的使命

我們專注地彼此閱讀

討論散漫的章節，以及千萬種結局
直到我們把時光拋去，讓燈下的文字
火焰的肌膚與萬物皆向陰影遜位
不緩不急地，我們閱讀下一頁

范家駿

你知道的事

習慣透過一些舊物去想事情
如同霧透過你的窗子
察覺自己是另一個夜晚

個人像風那樣
無地而自容的活著
每天因為這小小的羞恥之心
所以我醒來
一如有生之年因為
那小小的羞恥之心
我將不再

「而每次識破了甚麼，
原來也只是為了讓自己看得開」

我相信總有一天
我會在一個你沒有去過的地方
再度遇見你
這一次我會試著聆聽
且對你視而不見

就像那次失戀後
你摀住自己的耳朵大聲地說：
總有一天你會知道
其實這個世界並不壞
只是無法原諒

你又想起自己
那顆小小的心
還有被那扇小小的窗
框住的巨大的夜晚
一個人穿越自己的迷霧
走到我門前
從門縫底下遞進來的
被擅自拆封過的光

林婉瑜

部分與全部

我的腳走向人們道別的場景
有些人還會再見，有些人此後永別

我的耳朵聽見
細細河水，在入海口變成洶湧海水

我的心停留在和你最後一次擁抱的那天

我的眼睛看著畫中月桂
太陽神阿波羅今天仍在樹下陪伴著，變成月桂樹的達芙妮

我的指尖
來回塗抹著天空中不夠均勻的埃及藍、土耳其藍、普魯士藍……

我的髮被記憶的狂風吹撫
飄飛在去年的薰衣草田

我
沒有向前、沒有向後
不在未來，不在過去，也不在現在

我在真空之中

在真空之中
還沒有決定
要去和哪一部分的自己會合

李長青

第二市場

在都市的浪裡
讓車流與人潮默默夾帶著

那些時移
與事往，不一定
會在何時成為
形狀如何如何難以
敘說的煙塵

在都市的浪裡
與車流人潮翻湧一起
讓日光質疑
也讓月夜梳理

我時常是
什麼都需要的人

在都市的浪裡
洗濯夢中的車流與人潮
我也時常

是什麼都不需要的人

但是油豆腐幾塊，一小牒
白菜滷，一碗記憶中
溫文爾雅，形貌中庸的滷肉飯
他們的重要性
並不亞於

生活空隙
一杯熱拿鐵的濃郁

許赫

措手不及的太平盛世

像是在一個龐大國家的邊境
對抗著什麼
打游擊、搞破壞做荒唐事
想要鬆動什麼

不知不覺太平盛世來了
跟自己無關的革命發生了
也結束了
新的統治階級來到邊境
帶來不是讓人非常滿意
但算是美好的日子

不需要吶喊了
沒有仗可以打了
沒有人壓迫了
這一切的失敗
不再有怨天尤人的理由了
這一切的失敗
只是證實了自己
是一個失敗的人而已

當然會有另一群人
反抗現在這個統治集團
他們混雜著舊勢力與新青年
有志之士甚至更有理想性的基本教義派
先知、智者、天才等等相互矛盾的一大幫子
自己啊根本插不上話
也不知道該站哪邊
甚至站哪一邊都是荒謬的
到最後有只是一個
邊境上打過游擊
鬧過事的老人

這樣的自己啊
如何繼續活著
一直活到殘了病了
齷齪無恥難看可憐不能再繼續呼吸為止

【輯二】

若有其事

波戈拉

若有其事

若有其事穿梭，我的無心之處
那裏有夢偏廢，有霧
隱約，隱約你的消息——
在寒露之中你側身
在霜降之時你側身
在所有的節氣轉移裡你側身而過

我若無其事愛你
我若有其事

坦雅

入籍考試前夕

一個羅馬尼亞人面對河流練習
英文會話
失去方向感的發音
正下著毛毛雨

薔薇開滿焦慮
老家在遙遠的彩虹峽谷
濃縮為手錶
預言和她之間
註定產生漂泊的時差

她希望踏響燦爛的步伐
一次又一次鏟淨黑夜與白雪
在意識的森林中
鳥獸都變成透明塔羅牌
模擬命運的試題

一個羅馬尼亞人在異國
深深，深呼吸
月光已淹到髮梢

時間之河依然安靜如鱗
只有銀色鱒魚躍出
穿戴花香的陰影

夏夏

永遠的初學者

為了目睹山的背面是否下雪
不惜走好遠的路
那時

悲傷尚未成形
喜悅尚未成形
憤怒、失落
孤單尚未成形
世人還不懂貪婪
利益禁錮在堅實的礦物裡

在雨中奔跑並不瘋狂
那是出於求生的本能
是自然的回應

山的背面下的不只是雪
有六月的棉絮　七月的激昂
季節輪轉著四個四季

直到有一天你在雨中停下奔跑的腳步

出神地思考
雪於是停了，雨下得更急
每個人都獨自寂然地發現
從沒體驗過的孤單：

一條車歪的桌巾再也無法整齊摺疊
少了一顆棋子的賽局
失去結局的戀情
猜疑是黏著劑
錯誤前所未有地受歡迎
完美迸露出破綻

只好
將孤單鋪成一張床　嗜睡
未來是融冰
過去是魚骨

阿布

蚩尤

紀元開始之前，我的族人
就與走獸一起覓食
與飛禽共享天空
狩獵最桀驁的景色
大地平坦
像我們的信仰，日出時
遍野金光

大風自北方吹來
飛砂蔽日，陳腐的霉味
有人說那是文明的氣息
我偏偏嗤之以鼻

我本不屑衣冠楚楚的中原
但天生喜歡逆著風的方向
翻越高聳的圍牆
對於被制度囚禁的土地
還懷有解放的欲望
我野蠻的想像
將比他們虛偽的歷史

更加猖狂

他們曾輕視於我
一個野人，在辭令之間
顯得衣不蔽體
但我狂妄的創造力
屢屢將他們迎頭痛擊
北方諸神，都必須向我行禮

那年在涿鹿之野
我初次嚐到敗績
他們有著模糊的五官
說同樣的話語
他們的背後是整個天庭
但我的援軍
始終只有自己的信仰
我孤獨的影子，是風中
驕傲的戰旗

一如倒臥在泥濘裡的神木
持劍的戰士死去了
拿筆的人寫起歷史
英雄都回到神話裡
就讓傷口繼續流血吧

紅色，本是南方的顏色

但那些冷卻的反抗的血
液態的火種，滲入土裡
總有解凍的一天
不願臣服的人們
都有可能是我的後裔
當你感到懷疑
就站起身，朝北方走去
只要你敢繼續想像——

諸神將再一次
向我行禮

趙文豪

遠足

——青春不小心弄拙成巧，我們都成了自己的唯一

夢是日子裡發光的鹿
在吹堆成雪的時間
指認著那些岔出的路；
歲月經常是猝不及防的旅行
一首技巧青澀卻最純真的詩
或許終究沒有人懂

例如每當跨年那夜
像一個糊里糊塗的玩笑
我們盛大的準備這個慶典
盛大的笑聲像上千朵含苞待放的花
等著點燃的夜空寫成熱鬧的一片風景
——度過這個魔術時刻，
眼前的人沒有什麼會改變
就像一個糊里糊塗的玩笑
一首終究沒有人懂
以為看不到盡頭的詩

我們終究是走下去了，低下頭

數著磁磚，穿著袖子有點短的外套；
生命有時會突然忘記自己的語言
在汪洋大海降臨的時候
提醒自己撐起一把深色的傘
打開以後，你說裡頭怎還是黑夜呢？
你忘了其實這代表馬上就要抵達黎明了

日子吹堆成雪，我在蒼白的房間裡
再次度過一個聊勝於無的下午
看著日出、日落
等著汪洋大海降下城市。
我的房間就是一個方型的盒子
輕扣舢舨，在時間的海裡飄來盪去；
我想起父母告訴過我擁有一個屬於自己的房間
那天
盛大的將四季的衣物平鋪在自己的床上
直到蔓延地上，就像填滿海的泥
我從此帶著每一個方型的盒子
不斷去旅行，有時想不起自己那晚驚醒的模樣
忘了自己身在哪個盒子裡

手無寸鐵的橫躺在盒子裡
慎重而規律地轉動
唱著同一條掛在嘴邊的旋律

崔舜華

野外採集

我們摘下果子——輪流地
遞入對方的籃子裡
籃子是蕁麻編的，果子有些太沉了

記得還要取水，水太輕
河神太貪心了
它還要獻上，一把藍色的石頭
代替我們的語言——沿路上
勤快地學習嶄新的文法

「飢餓——我不——此刻——好。」
需要餵養的，無非是唯一一個
石榴籽私生的少女，在村落間
我們都記得她多麼美而淫蕩
巧笑倩盼，像族人最害怕的春天

「讓……去擲樹枝……我們……」
漸漸地黃昏包覆了山路
我們明顯迷路了，鳥為記，雀群靜默地四散
你說「謝謝」然後說「喜歡」

不明究裡，把新生的詞彙裝入背包

我依然不明白
摺著小舟般的葉子
練習吹響哨，模仿一頭幼鷹
把清晨驅趕得很遠很邪
然後黑夜降臨

詹佳鑫

秘密廁所

世界最光亮的地方莫過於
一間廁所，衛生紙藏起忍耐的痕跡
謠言尾隨影子疲倦暈眩，越走越輕
辨識牆上同樣單薄的族裔——
淺藍長褲，粉紅短裙
三張臉面無表情，共同遮掩
歷史下半身的秘密
意外交會在我歧義的身體

我知道萬物的排泄與清潔
總是同時發生，正如拖把、水桶與鐵夾
在此有了全新的功能
陽光恍惚離開小窗
鏡子沉默爬滿水漬
難以照見眼淚的真相

我打開一扇潔白的門
安置自己，還有一點時間
可以在此存放秘密
當我埋頭抱膝，我便擁有一種防衛的姿勢

在許多遙遠的廁所裡
和一群失語的人蜷縮蹲踞
聽見恐懼被捲入渦流的聲音
隱隱共鳴，在地下水道安靜蔓延
孳生黑色的細菌

而我終究是乾淨的。
有禮地經過粉藍與粉紅，敲敲門
重複熟悉的動作；我知道有一天
他們會交換更多衣服，混搭顏色
他們會在世界某處微笑牽手
就像我知道有人會在外面等我

註：此詩選錄前已獲 2016 年「北二區學生聯合文學獎」。

沈眠

萬有引力

靜靜傾聽
時間醒來問一些深奧的事情
譬如水在過久的悔恨如何存活
或者體內蟄伏的狗
為什麼咬破靈魂
以及胸臆間的欄杆幾時停止生長
停止對心囚困

將自身交給黑暗決定
天亮遠遠繞過
愈彎曲微小
燈火揮散無用的手勢
青春跟衰老墜落
沒有人能抵抗
向下發展的命運

有些鳥在眼中熄滅
情感枯竭
有些鬼握著刀從風裡來
它們不懂肥滿

善於削瘦與毀滅
有些橋沒有詞語
有些故事緩慢的叫
有些雨殺人在心中刺穿
千瘡百孔的哀歌

過去嚮往的童話
如今住滿地獄
此時有更多頑固異常的神
歲月有足夠的尖銳
磨損一切可見
塵埃是最被相信的劇情
傷感與洪荒
都無止境陷入
你們的普通移動

明日沒有淨土
在終將垂落的事物
時光寂寞
但保持緘默
灰燼維持完整
掌握萬事萬物對黑暗的計算
延誤更長

究竟錯過不了
人一生的速度都朝著地面
以錐心之痛的氣勢
樸實深刻凶險
為了不被愛與美學甩開
為了追悔
下方千萬年失眠的
上帝運轉不息

蔡琳森

中村輝夫的生命與時代

你又夢見故鄉的楮樹
逐日在睡眠的窮壤下
扎根，繁衍——這些終年
不褪下樹皮衣的族人
見證了烈日深吻
始於一九三七年
你凝望一株山萵苣
於耕作、交易與餽贈的循環下
恣意走失，輕易就死

然你覺得自己也反覆重生過了
未久之前，你猶是燒夷彈與黃色炸藥
秘密產下的私生子
胚胎近赤道，帶消光的色澤
在嶄新的平靜裡
你又轉生為一尾滿載糧秣的運補船
為嗜舔月色的蚊蚋
為一座僻島，以縱角
探測生存短淺的維度
且永遠背海

且不停挺進

至死你都不能明白甚麼是大陸
甚麼是失落，是竊據
今世乃誕生自一場空襲
生存是患上了不孕症
無法返航的軍機
你審視矮椏上的空巢
生命曾在如此微渺的尺度裡
堆疊，堆疊
堆疊，瀕絕

無肉俾充飢
無糧可掇食
南洋在瘧疾與伏石蕨之間擺盪
渡越了黎明，渡越了乾渴的短頸
你謹慎迴避炊事
不只一次慣縱篝火的貪欲
貪欲，貪欲
貪欲，掩熄

火煙隨午後的溽熱搏扶搖直上
你還攢留一個日文名
一只軍用水壺

一把昏聵的三八式步兵銃
鋁鍋與鋼盔，零星的彈藥
高燒與譫妄像故鄉的石頭煮得滾燙
蟬鳴是母親的呼喚
母親身掛腰鈴
野豬、雉雞、山貓是妻
妻在跳舞在歌唱
遠古的木臼漂蕩
在海面上

戰事又起
夜空與瘴雨競奪制高點
一齊倉皇奔過了險山
你於闇中目視失聯的部隊，揭發敵軍的行跡
慨然承受芒草的綏撫，肉孢子蟲的教養
神靈身影稀薄，徐徐啜飲山澗水
蹲下後便沒能再站起來
歷史的背面
可以窺見生存之對倒
張眼就死，閉目續活

你猶記掛先驗的身世
為追溯一次雨季
一場洪水的殖民印記

翻查赤足上的線索，聆聽通訊
微弱的脈搏
現實是白晝與目盲的混種
野菜嫩芽是落居肚腹的耆老
風棲停在不對的地方
樹搖撼在不對的地方
破曉，你奮力劈柴
揮臂抵禦不可見的掠奪
蔭翳層疊篩去了三十年光照
若是探頭去尋
便要丟失了叢林

姚時晴

雲豹

有雙眼睛，凝視
黑夜中書寫的我
琥珀黃的瞳孔
孔雀藍的眼珠
森林在我指間步入清晨
薄雪草被溶蝕的字體覆蓋
我書寫的荒原
還有瀕危的植物繁殖，以及
尚未消逝的獼猴

溪流口述鳥獸的蹤跡
藤蔓攀岩敘事，以雨的墨痕
倘若一株鐵杉被嵐霧誤譯
那是因為它恰好長在語言的逆風口
梅花鹿與狼群此刻
正彼此躡足，被故事墾植的山坡地
而前世的獵人終將回來尋找自己
斑紋龜裂如峭壁的靈魂
獨行玉山瘦稜的神秘生物，被時間考古
挖掘，人獸形玦的模糊影子

有雙眼睛，凝視
黑夜中書寫的我
琥珀黃的瞳孔
孔雀藍的眼珠
森林在我筆下步入黃昏
鐵線蕨被發光的字體圍繞
我書寫的叢林
還有瀕危的野獸存活，以及
尚未絕滅的螢火蟲

那雙孤獨的眼睛經常注視著我
讀我，如狩獵者的長矛
指向每顆閃耀的文字
（與星空對弈無數次的棋手
佈局無邊際黑白分明的星球）
我知道
我們都愛獨處
不善群居的動物
孤僻、寡言、棲居高處
趁夜迅捷追捕迷途的詩行
突襲語言的羔羊

羅毓嘉

教育

多半的時候他們教你
應該成為那樣的人：認真，負責
身心健全，擁有面對安靜街道的落地窗
且懂得分辨紅酒產地的土壤
氣候的層次，懂得用橡木與可可
形容一杯你品嘗的
生活噢生活。只是多半時候——
真真切切的多半時候
他們並不鼓勵你真的擁抱
生活的土壤

多半時候他們教你，人生
應當有比講話方式更重要的事：
卻不像他們所言，凡事按顏色分類了
分站在記憶的兩岸
男孩背著郵包，爬上土壕
指認砲彈與其悲鳴所來的方向
讓其他人翻過高牆，聽一聽
戰爭輾過人群的聲響
這夜，雕像的吻啊

冷過愛人的呻吟

多半時候他們只是講話
但從未聆聽你的擔憂，廣袤之海上
未來的航道有一場暴風雨將摧毀風帆
又該如何踩過政府
肅穆的圍牆
拆解廣場上的每一只耳朵

他們不曾教你說話。或許是
你說話時——不覺用上了他們的嗓子
聲腔冷靜，音調清晰
且還有頓挫的語氣
遮蔽邏輯的斷裂歷史的缺頁

多半時候他們不指認萬物。
他們說：凡事間僅有一種正確
一種解答。他們不願教你
在不同的季節裡
你能守候不同的失去。比如說
在校園裡失去了一個人在深秋的夜晚
你能決定愛與不愛——
決定軟弱與堅毅
有類似的重量

炎夏的少年們翻過圍柵高牆
高舉雙手道別了
多數的晚上他們教你，卻不曾說
他們是誰。他們寧願你安靜
躡腳走過歷史
而不要為誰的錯事嘆息
這樣就好。他們沒收你的電話
像他們不曾教你求救
如此他們將能撲滅了你
適才燃起的時代
與火炬頂端那微弱的星光

蔡文哲

有願

屋子裡有燈
燈下有人
等晚歸的家人
備妥拖鞋洗澡水
溫熱一碗麵
烘暖疲憊的臉
若頭是一顆圖章
蓋進枕頭的凹陷
夢裡打過的契約
會不會在隔日實現

屋子裡有畫
畫裡一天
經過的時間
比衣服晾乾
緩慢一點
來回擦拭桌面
碗盤刷得晶亮
盛一盆清水
照自己的顏

彷彿又年輕十歲

屋子裡有院
院子裡邊
有悉心照料的盆栽
鮮豔的慾望展開
葉搭理著葉
生長的姿態
近乎愛
剛剛填過一些新土
後來的陽光
都是蜂與蝶的信徒

張堃

黑色交響曲

雨規則地
斜斜落了一陣
為了說不清楚的情緒
越下越急
不久雨勢就凌亂了
越下越泥濘的心境
最後演出
一場讓人崩潰的音樂會

暫時停不了的雨
以及越聽越煩的序曲
繼續糾纏不休
陰沉沉的天色
昏暗到
還未入夜
就和潮溼的黃昏
緊密重疊
此時，樂團正奏起
淅淅瀝瀝的樂章
那些理性的辯證

在歇斯底里的交響樂中
全都紛紛瓦解
而多感的心情
頃刻間
又泛濫成
整夜的黑暗

葉語婷

日子

越過行事曆的欄位
來到今天

春天是激烈的
風劃破雲朵
幾隻鴿子竄出

從校門開始轉彎
到斑馬線之前
每個孩子的身長都
高了一些

劃分整齊的大樓
幾簇密集的黑點旋過
課本右下方

日子被翻開
鴿子潦草地
停在電線杆

今日的十字路口
孩童與老人從兩端
朝向我們

櫻花抽出新芽
秒針自每一面鐘掉落
時間以外

無人的馬路
只剩下黃昏
低頭寫字

李蘋芬

總有往事反覆造訪

——爺爺，高雄影劇七村拆除十五週年

他挾一片枯葉而來
故鄉是無人守候的城

煙硝在兩鬢仍有火花如星
在陌生地，偏安時光中他屢次提起
戰壕有泥與傷口，為衣領染上光澤

他走出洞穴，一臉烏黑
我們曾以共同的語言，解釋生命的瘢痕

他回來，小村的晨曦有公雞叫嚷
懸掛先祖話語的斗室
聲音迴旋於脣齒

總有一些往事反覆造訪
他喜歡自己是相片中那少年模樣
他喜歡黑白時代
多麼淒美，不需要轉譯

島嶼將是定錨的船
異地的雨在夢裡如魅
他回來。手握鑰匙生滿銅鏽
垂死之鳥偃臥青草地

倘若他信了
殺伐過的雙掌，也能輕撫新生的幼髮
學步的孩子朝他奔去，他聽懂了我
汗水是葉上露滴
我灼然的目光，每每使他憶起自己

他枕著蟬鳴午睡
不幸地愛著故鄉的語言
他白髮漸疏，側臥於蟬的合唱
村落的磚瓦在夢中傾頹，紛紛淋了雨
而他換得一面窗子一池金魚
換得時光重生為花蕊的
種種可能

楚狂

我要念你如每場日出

比那些書頁折角更孤寂
彷彿螺帽或胎紋都不忘
滾動，被後照鏡漸次磨平
我掏出藍色粉筆
要將記憶加上頁數
記號是為了更能奢侈的　忘記

你要如何揣摩一片檸檬的去向？
從酸裡面抽出了酸
在培養皿植入新的燈泡
曬青澀果皮成堅韌
我們都在找藉口停止傷疤
使用過類似的比例

或者只是抄襲來的痛楚
你質疑
傷疤擴散不止
手持紫色提琴看一場電影
溫習沿途的街景
著色那些擱放過期的霧

（時鐘可能還在憂慮：
如果字幕不構成譬喻
再整潔的配樂也無法留住僅存
片尾曲微笑，若現若隱）

在鏡子對面看見你
只隔一條通往門鎖的馬路
你　和你一起閃躲的張望
就像那些即將橫越的警笛
鳴響在我划出分隔島前
哨音三長兩短

時有間歇，我想
我可以把自己折成一小塊紗布
然後填補
你藏在指縫間龜裂著的
一小點裂痕嗎？

洪崇德

關於死亡的兩種想像

——給小燈泡，給所有受傷的人

「在低限的搖籃睡著了……」
默念你的名字
當它迫降於頭條

誰撥遲整座城市的鐘錶
一枚未通電的燈泡躺在街口
還接上地獄的錯頻

始終漆黑的角落
能否被油燈照亮
我們無眠的安魂曲
傳不到你的耳邊

花束、布娃娃和淚水
人群讓出了一條路
沒有誰牽著你
無法的天氣如何走得動
但誰真忍心讓你停留

躺上公園的鋼椅
我有時期待世界會更好
但哪座城市沒有流浪狗？
（愛沒來過，請相信我）

沒有風雨的角落
那柏油路面不該由我走
反覆繪測邊緣的地圖
生命有時不等重

擔負整座城市的重量
我想我應該坐在被告席
看情緒的劊子手，滿口是愛
參與審判後，會不會
割去我的喉嚨？
我無話可說。
我也想會會那些陪審團
雖然他們都自詡是大法官

一個悲傷的標誌

愛讓誰取消了
廣場上的鴿子收斂著翅膀
我們的話語淪為徒勞
這世界我相信會更好
卻已經與你無關

有沒有更好的抵達
我無法為你設想，於事無補
這默禱無人喜歡
我猜我們都無從談論原諒

在公園睡覺要被人潑水
深夜的地下道算不算我的住址

冷眼和唾沫象徵什麼
我不相信存在有意義
衡量愛恨的天秤
沒有我的位置

一顆燈泡躺在街一角
他不會發亮
我也是

陳幸玉

請謝謝對不起

我把你擺放在一個
謝謝的地方
用來兌換
對不起
你卻說請
油漬的自由
像雲朵的飄移
是世界上
最美麗的朝聖
我只能一再對不起
因為位置始終不對
而你只是說
謝謝
謝謝一場雨帶來
午後不熱烈的陽光與
風，那些坐在雨窪中的
大樓跟樹葉
有最虔誠的筆跡
不好意思挪個步
我把你兌給了

一杯去糖去冰的奇異果汁
你說對不起
請把我
斟至滿出來
謝謝
綠意的盎然

蔣闊宇

螞蟻

跟隨螞蟻長長的隊伍來到這裡
正午的陽光照耀著你
蹲在蟻穴上方，你看著密集、蠢動的海
像觀察一個國家

螞蟻們根據氣味分辨同伴
有時味道不合，因而打架
相識後也結為兄弟
一起在股市放消息
一起包工程，做土地重劃

有些螞蟻因此身價上億
有些因此失去房子
前者出書告訴大家自己有多努力
後者既沒有財產，想必不夠努力

黑色的海水往西邊聚集的時候
你知道，他們在辦選舉
台北呼喚著遠方的村落
網友暫停了爭吵

罷工中的工蟻，放下手上的武器

民主化以後，蟻后只是一個象徵
雄蟻組成議會統治，也負責交配
兵蟻在行政院外面
打傷了學生與工人

每隻螞蟻年輕時都想改變世界
長大以後，他們一邊打小孩
一邊為電視或老婆付卡債
深夜裡問自己到底為何活著
但至少現在還活著，真是太好了

螞蟻們的遺憾有時也很深
很容易找不到回家的路
有些螞蟻哭了，嘴上卻不停說笑話
有些壓抑瘋狂，把自己反鎖在房間
有些挺身反抗，卻傷害其他螞蟻
有些螞蟻被背叛
而變得越來越黑

陽光似水，湧入錯綜複雜的蟻穴
湧入地底下熙攘的街道
湧入每個封閉著內心的房間

陽光照明螞蟻身上的黑暗
陽光照著你
你看到自己縮小，蹲在螞蟻們中間

這幾年
你說了很多幹話，你跪著走
螞蟻們凝視你裂傷的唇，而善良地
提醒你，審慎施放適當的費洛蒙
視輕重，死亡氣味會令你被抬出蟻穴
我們並不是歧視你
螞蟻們冷靜地說
在世上活著，你要忍耐

註：末句來自唐佐欣為板橋大觀社區反迫遷抗爭所寫的詩〈湯家梅〉：「窮人有抗議的權利／也有生存的道理／／在世上活下去／你要忍耐」。

【輯三】

海岸相冊

海岸相冊

林儀

多年之後，終於走到黃昏
開始願意長坐於海邊
看往事的水面翻頁
書脊很深，漸漸打濕腳踝
接受你冰涼的名字
背光越游越遠
影子隨浪試著呼吸
練習想起你時仔細聆聽
心裡的縫隙
礫石灘激起多孔的聲音

宋尚緯

比海還深的地方

他們在雲裡
學習語言的用法
學會形容詞後
在不同的詞彙裡
尋找對方的模樣
逐漸每個人都擅長
形容他人，替人分類
像是替所有物
決定用處
有什麼是我們無法知道的
或者說，有些什麼
是我們可以知道的

我們應該了解
自己是最破碎的海
有時候對著鏡子齜牙裂嘴
看看十年後的自己
和十年前的自己
哪一個更完整一些
我在最荒蕪的廢墟裡

找到的自己
和他人給予我的模樣
沒有半點相似

像是午後
我們搭乘同樣的列車
它微微地晃著
陽光從窗外灑進
照著你的身體
偶爾也照到了我
像是所有語言
都在此刻消失，所有
我知道的事物都成為化石
我才明白
我像是空蕩的山谷
反射出所有回音
但沒有任何我在裡面

偶爾想像自己在
比海還要深的地方
一片漆黑
像是掌握巨大的黑暗
我知道自己
應該更安靜些

應該更像海，冷冷地
冷冷地看著事物
走過時間的模樣
而我知道自己是做不到的

我知道這些
比海還要更深的地方
並不帶有任何情緒
看著我，告訴我
時間是最殘忍的存在
我們對自己撒謊
告訴自己
沒有關係，會過去的
我們給予自己暴力
告訴自己
我們能夠更銳利
更堅硬，像是一把
沒有柄的刀刃
誰都無法握住
和影子躺在一起
就像真正的影子

我知道，沒有什麼地方
比人心更深邃了

你的心，多美麗的一顆心
多可怕，這些美麗
像是雨水落入海中
我看見這些雨水
打進我的身體
知道自己也曾是雨水
一切更像是詰問
例如：誰更懂得快樂
誰更懂得荒蕪
知道自己也曾
被沉默的語言篩選
我知道沒有什麼
比自己的痛苦
更難以被理解
我們所記憶的歷史
被留在比海更深的地方
我想像自己又到了那裡
將自己溫柔地攤開
仔細地將曾經的暴力
一點一點地收起

嚴忠政

船副記得微笑

大海很大
時間是你的技巧
關於遠洋的船、寂寞或
偏向邪惡的寧靜
一開始都需要技巧

最初是一滴藍莓汁
為海補充說明的樣子
像也不像孤獨。你喜歡船錨
很快就把握了星河流轉
你們手拉手，像在四季之間
有了別針。我以為
神也需要技巧
而你有自己的對話
微物都記得對你微笑
幸運如此迫切
你從來不少

譬如一張紙睡眠充足
浪濤來寫千言萬句

而我欣見晚安
一個短句型。恰如
一艘船

龍青

生活

我用眼睛和你說話
偶爾不開燈
離開時
把瓶瓶罐罐擺好

我們都有被縫過的樣子
花很長時間瀝油
漂白抹布
然後一起被穿在針上
晚睡早起

爐火總是燒得很旺
有人進來，坐下
我們站著或者彎腰
必須學會愛
學會讓坐下的人
微笑著離開

再也不能更壞了
春天來的時候

到處都是溫暖的人
我們用眼睛說話
在深夜關燈
穿上影子離開

靈歌

調色盤

白頭翁以歌聲染黑髮
樹枝上垂釣下來的瀑布
每一雙上鉤的眼神
飛濺出青春

花草懸腕的線條
書寫風的動詞
揮走了瓣上的翅膀
迎來蜜的蜂

雨打翻整片綠色
浸濕畫布上的曠野

如果河是巨蛇，自山谷出洞
掀起海上滔滔不絕地驚懼聲
碎了春陽抛光的鏡面

而我是夜，大自然的破綻
罩下沉靜地帷帳
只留下蟲聲的管絃

讓風潑灑墨色
從平原翻越森林直達海的深處
微浪輕輕的嘆息聲

汪啟疆

列島

島嶼陳列
拱弧、美、倔強

所有存在真實
夢幻於暇想中

那站哨大路兩側
停著樹葉、蛺蝶、蛇

海龜逆光泅泳入海
大霧傳遞交通船汽笛

所有眺望凝實了起伏
浮筒的警鐘敲奏不已

島嶼羅列區隔
戰士的情緒

灘域邊緣茂盛開滿
鐵蒺藜、雷區

說夢的我
我在這裡。

方群

西莒隨想

藍眼淚

穿透海水
在夜裡偷偷啜泣
總有些刻意穿鑿
總有些莫名藉口

燕鷗

從不曾沉默
聒噪地，追求
盤旋眼眶
散佈或遠或近的獵物

坤坵沙灘

依稀是那年宿醉的背影
晚點名後
我們用軍階堆疊明日的
朝陽

青帆

擁抱之後，你
離開的腳印很快就淡了
像是一口枯乾的井
斷絕晃漾回響……

段戎

異類

我們在沿海的
應該是公路的窄巷狂奔——
那裡是蕈類寄生的場所，必要時
把自己捲成一根法律
不允許的神經
愛人的癮又犯了，能不能就
將我們好好勒戒？你這麼問
粥裡的肉片說不出自己吃素還是
基因合成，像生活往往
在那片稱為堅定的海堤外

我們守著時間
不為面試或夕陽那類
固定行經的垃圾車，那天捷運裡
不安份的私語。
耳機裡爭吵一樣的雜音
語言汰換成針，如同亡魂於原野上
側臉趕走星光
似乎正告訴我們：你就是這世界
最堅定的光害

有天在名為集合的建築裡
我們發瘋似地頓悟——這裏從未
擁有過一棵植物
一切皆是符號，為了組成
為了你爭我搶時稍微體面
人們好幹大事卻經常
射後不理。
彷彿他們從未成為過那樣的嬰兒
從未浪費奶粉和善意
所有嫩草都在他們腳下，統稱為雜
即使空氣邊緣曾經
開過一小株花

隱匿

熱情

火焰的熱情不容質疑
火焰的純潔不容質疑
火焰吞吃掉許多事物
包含時間和影子

火焰讓那些靠得太近的人
變得盲目

如果可能
他們甚至願意投身火焰之中
只是他們的眼裡
再也容不下其他的

其他的

比方說
另一束火焰
以及圍繞在一起取暖的
另一群人

另一束火焰
以及圍繞在一起取暖的
另一群人……

放眼望去
有數不清楚的火焰
而唯一可以確定的是

數不清楚的火焰
並沒有讓天上的星光
黯淡一點點

吳俞萱

回聲

1.

靜默使我轉過身
面向自己
不斷想起
我還小的時候
世界也還小
它告訴我最美麗的東西
最骯髒的東西
關於我那樣的年紀
無法識破的秘密

2.

我從沒想過
世界也對別人說話嗎？

當我越來越老，世界
跟著沉默起來
我毫不懷疑
那些太小的時候聽過的秘密

就是我的一生

而我依然
沒有識破

3.

世界教我說話
也教我靜默
靜默使我轉過身來
面向自己

我的一生
竟是連續不斷
微小且充滿秘密的
聲響
越來越嘹亮
嘹亮忽然又碎掉

一片霧氣升騰
帶著我的秘密
擴散開來

墨韻

凝視海域

世界與憂傷一起進入
憂傷無岸
振筆疾書
黑夜變為長長燈蕊

以不同節奏捶打成行
有牆
有夢
有海
慣常與自己對談
每個音符都是生活的浪花
再打上岸一次拉出文字的火焰

一本本結集的海域
一粒粒結晶的鹽花
飄著冰冷的雪
潮濕的封面
燈光明滅的字跡
照透千重萬影的背景
雨後水聲與回音

遠方綿延出一方草原

洪冠諭

高美濕地

我們知道海與天終會交會成一直線
像是故事的開始
與結尾的互相拉扯
在太陽即將下山的那刻
用各種修辭
讓情節幻化成各種保護色
神秘的漸層的關於美的各種感觸
使后羿放下了弓箭
而終將沉落
共同的色彩是黑
卻不是影子

風車自轉一圈需要多少期盼
當風兒染上
一滴海水的鹹度
讓夜晚仍有黃昏的亮度
承諾因此複雜了幾回
像翻飛的蝴蝶以背影作夢
醒來已離清晨不遠

廖亮羽

協和廣場老風琴

離家的西西里手風琴唱著：
你們為何不翩翩起舞
繞著廣場和話題，流浪
老是流浪的老風琴手
與噴泉談了一整夜，
而我們還未隨他對酒神讚頌的琴聲起舞

舊舊的老民謠送給美人魚一夜的花
太陽神駕著光影繞著廣場
和話題，當聖母院的鐘樓凋敝
我也可以不愛你
只要保留浪漫主義時期的敵意
讓監視器停在雕像上午睡，依然警戒
依然擔憂，何時爆炸的廣場
與人潮一樣緊蹦，好像那首民謠
演出即將斷裂的鐵橋與我們
但我們都不想中斷狂歡節慶

所有來回逡巡的軍服都不願忘記
遙遠遙遠的城市，陽光燦爛的假期

剩下的是恐怖攻擊。他們擊中街頭成為
軍人懷裡的機槍，宛若忠貞戀人
我和所有陌生的臉孔，在掃射範圍
是這樣的恐懼讓敵意很放心
好似一切警戒，就等一場雷雨
洶湧人群裡的隨機槍擊
於是西西里風琴帶領廣場的武器
翩翩起舞，暫停文明裡的殺意
異族的膚色深色的頭髮下
同樣會鮮血直流的頭顱，
今夜不是戒備的對象；
不是矗立鐵塔上的敵意
這世界須要愛神降臨。

彷若對著街頭老樂手
我們以情感扔硬幣或以思緒聆聽
遊走在人間邊界的老琴鍵：
神秘的苦難的深處的炸彈
我也可以愛你並且和平
只要疼痛前繞著廣場
與鴿群交換記憶

劉小梅

生活協奏曲（三帖）

1.

把文學種在牆上
連雨都來閱讀

聲音陸陸續續經過
空氣很忙

長年無休
時間喊罷工

新生訓練
麻雀背著書包上學去

2.

貓咪看佈告
聚精會神
想請牠喝杯咖啡
請問
哪一樁

讓牠這樣入迷

我就是文化
貓咪慎重其事回答

3.

把掉在地上的
夜
輕輕拾起
想和它說的話
比長江還長
昨天買了瓶米酒
剛好可以熬一鍋
心事

楊寒

近端午無所事事

我們活著，慵懶成一條蟲
即便心事已經
繞過幾個彎，幾個——
歷史的殘缺。
我們也可能如此委屈，把自己的心事
塗抹成影子
那麼揹著，苦著
我們是彼此的枷鎖；
而我的旅程還遠著呢
就這樣，把什麼寫成近端午時最燦爛的陽光
熠熠閃耀在那生命停留的
頂峰。

楊智傑

去見帕斯捷爾納克

窗外他，漆黑的天空產卵著燈球
顆顆美麗著
上面站一排剪綵的天使

一個瞇著眼髒兮兮的人
正在趕路
「日子那樣冒煙，像一輛老車……」

他脫下禮帽又戴上
今晚將見到誰，穿過水銀的荒蕪田園
空的鏡子
只讓裁縫匠的月光欣賞

已不是第一次來，也不是最後一次
現在，什麼都讓他感覺不滿，像盲人的鐳射舞會
窮光蛋
菸盒上的老婆。六點才過

到了莫斯科天暗下來。雪、雪
帕斯捷爾納克

寫最好的詩
卻錯過夏末的紅藍紫灰

廣場拋起鴿群。因為多餘的是飛翔的寂靜

【輯四】

截肢者

辛牧

截肢者

他是行動藝術家
以自己的身體
寫截句

賀婕

女子

我們仰躺
在人聲之上
懷裡擁抱
魚的腳趾

在廣袤的床鋪
我們是兩道
無止盡的山洞
無腳的羊坐在裡面
沒有火車經過

發現我們都是
猥瑣的凡人
依然予彼此愛
每個月分娩一次

然靈

鴿紙

鴿子降落
沿著摺痕將自己
攤成一張紙

愈來愈多的鴿子降落
紙拼接起來，鋪滿整片空地
一隻隻的鳥平面圖
在群樹的倒影下休息
有一小片天空
就在鳥肚下睡著了

傍晚
紙紛紛折回鴿子
集體穿越黃昏
剩下一張濕掉的紙
弄破了翅膀
牠咕咕咕地哀鳴著
有個老人會固定來餵食
牠是一塊破損的地磚
月光正試著黏補

夜裡
跟著同伴再度起飛的時候
牠的翅翼隱隱發光
讓所有睏倦的毛毛蟲忍不住
仰頭
盯著月亮的胎記不放

劉曉頤

太美的詩即將成災

恕不錄用，你巫覡草藥房的字
血肉飽滿的音節，脆玻璃的標點
熱烈的蝴蝶排序隱含颶風
一種溽熱自花粉和胚乳間傳開

太美的詩即將成災——
你用升 C 小調的白茶花調和
因此顯得純潔、無害
句行間瓜果瀝液，滴下斑比鹿眼神

本刊預見，小獸瀕死時無悔的甜
一滴生前的慾望長出犄角
因你肢體的獨白
虹雨如斷橋，濺溼歌劇院篝火

音色醇厚的薩克斯風開出夕陽
你想挽留末日的河流
但本刊預知，太美的詩即將成災
大作恕不錄用

謝予騰

狗洞

偶爾，我
期待你自院子裡
挖出幾顆星星
提醒我那些被隱藏的日子中
晚風總是宿醉
你慵懶地吠它
像一輛遠去的二行程機車。

耳朵裡累計了整座宇宙
最細微的聲音
包括你記得那些氣味
它們既寂寞且興奮，疲倦並哀傷
它們伴著你入睡
在每個星光沉默的夜裡
成為奔跑，吠叫
和相互依存的夢境。

最後一切都將凝結為星光，被你叼起
埋藏在院子裡
鮮為人知的地方。

偶爾，當時間
已隨著朝日醒來
我們也開始按部就班地逐漸老去
便會期待你
挖出一些過去的日子，彷彿往昔
我們仍星光燦爛地跨坐
在已遠去的二行程機車上。

賴文誠

陶俑

火，寫在泥裡
每個字，都在燃燒

我柔軟的履歷
捏塑之後就能看得見
水漬草擬的絕句

我無聲，卻有
音符的各種姿勢

我不是我，是你撫觸的
一篇陶製的甲骨文

你走過我
在一個高溫的季節
我的移動
都是因為光影
與你乾燥的眼瞳

我自窯裡走出

遺忘了原來的性格
無法像玻璃一樣的透明
卻有著磚瓦般
堅毅的心

一些雨滴習慣停歇在
我旱季的眼角
風輕拍著我
我不動，你卻動了

我們一樣易碎
但拼湊之後
我總是比你的清醒
少那麼幾片

瀝乾，所有的眼淚
你竟變成了我
一個，只能哭出沙粒
風化之中的
小小陶俑

林夢媧

遺囑

生產後留有的疤
送給母親
我是母親的疤
結痂了就從邊緣慢慢
摳下來隨手，丟在地板
一次只能撕一點
不然會痛會有血
如今我回到世界的疤裡
期許母親還是母親
但我知道她會成為
蒼老的河，有盡
盡頭更快

女兒，什麼都請不要給她
我已離開她的身世
讓愛人做她的浮木
讓母親是她回家的路
讓貓與她戀愛
我已拉長我們的臍帶
在散步的時候
從另一邊離開

張日郡

孤獨學者的現代絕句

1. 孤獨的鳥類學家

他篆刻一千隻鳥類鳴唱的樂譜
在他自己耳膜裡不同的海拔

他的喉頭在電鑽與引擎雙聲的城市中
彷彿一臺留聲機，沿途播放杜鵑的哀鳴

2. 孤獨的植物學家

沒有任何人曉得他和世上
最後一株聖赫勒拿橄欖的對話

他只形容那對話彷彿是嚥下一顆礫石
到胃裡反芻，並想像它是顆種子

3. 孤獨的動物學家

她默默實驗一種絕跡的夢境
譬如像一隻雲豹般盤踞在巨石之上

看著對面山頭結實纍纍的黑色葡萄

如黑熊所聚集之地

4. 孤獨的海洋學家

我偷偷掀開海的深藍色棉被
才發現她塞滿了太多無法消化的心事

「妳可以向我們吐吐苦水、倒倒垃圾啊！」
海龜說、鯨魚說、信天翁說。唯我禁聲。

5. 孤獨的文學家

孤獨是文學家飛翔的雙翼
呵護每一個嗷嗷待哺的文字

它們會受傷卻也總會茁壯
帶我們步入黑暗，也代我們堅強

陳少

夜深之後我還沒抵達

1.

你是村落
有火
有熱湯
有狗屋和果樹
我只是在沒燈的夜
選錯了岔路

2.

星星紅著眼
和我們絕口不提的
那件事一樣
徹夜過敏

3.

丑時閃電如晝
我還沒抵達
茂密的黑色森林
已經梳理千萬次

試圖挑出白髮
鞏固你漆黑的輿圖

4.

再次睜眼
也不會天亮

地在震
那是你夢的震源

柯彥瑩

濕樂園

我坐在港口聽雨
以整條海岸線為弦
在水的鏡面上，彈奏
居住的過去；有一些
潮濕緩慢長出自己的腳

往乾燥的領域行走
生活與動作不自覺地慢慢兩棲
而記憶的魚鱗太多
陽光跋涉於此，看見每一個
世代測量自己腐爛的程度

或者寄居未曾修飾的水域
讓狂草恣意書寫自然
建構這個秘密基地，迫使
信仰遠離城市的中心
偶爾步行，回到童年
卻有一種情緒的感慨漸漸離散

此時海的距離，彷彿沒有時差

每一次呼吸都有被吞噬的可能
候鳥的飛翔太美，在漲潮
與雷雨之間往往被誤讀成
一場集體的遷徙

陳威宏

樹

終於覓得失憶的大樹

我們平躺下來
不再寫諾言不剪票不回頭
不做手工筆記本也沒有祝賀的可能

歸零的懺悔：讓時間主觀
讓空間從容完成自己

蔡仁偉

書腰

把囉哩八嗦的書腰重新設計
細長得只剩一句
不試圖暗示書中哪首詩是打給你的鑰匙
只想試著　與你纏繞
好量出我們
隱喻的戒圍

紀小樣

水上浮光

衣服髒得剛剛好，正要拿出去給太陽洗⋯⋯；掌紋已經在漣漪上波動　隨波逐流的寒冷恣意地過來撫摸，一截湄公河上流動的都是女人的手。

嬰兒的嘴剛餵飽稚嫩的乳房，黃昏就把一道金黃潑進了船艙。既然要生活在水上，眼淚不可以太多，總要有個乾處，陽光才好擱淺。

從河口轉彎過來的風，好不容易才把晾衣繩上濕漉漉的皺紋曬乾，星光也順勢低下頭來，探入煙囪　一隻被鐵鏟翻過身來的巴沙魚嘴裡含著蔥椒、香茅與半片檸檬猶在煎鍋裡掀動著鰭鰓⋯⋯

初安民

無題

我一直希望幫友情上手銬
讓我們的友情不變色
牢牢銬住
如果需要
腳鐐也可以

我一直寫你我交往的日記
自訂交開始
日記的篇章長又長
我們的友情
不如日記的十分之一
都是我記得太多
我的錯

仍然希望與你漫步海邊
漫步當年瑟縮的高椅
耶誕雪色鈴聲響起時
我們、我們、我們
記得那時是哭還是笑？

許水富

四種日子

1. 角落

角落深處下游
有人問我
更深更暗的地方是什麼
我說是一幢碰撞的人生

2. 病歷表

每個被載記的字都是站著
疲勞時候會躺下來
並且出沒在病痛幽暗處
註釋最孤獨的偏旁

3. 留白

習慣在畫作留下整片的白
說是揮毫中的空靈
其實是跋涉後的漏接
停駐。給曠野棲身的贍養

4. 咖啡館

有歲月和落腮鬍的洞窟棲所
在熟捻的體味找開啟。回憶
在攪拌口舌中量量時光的深度
像憂鬱詩人。喜歡黑色的

陳皓

空間筆記（10 選 3）

1. 圖紙

起始的時候，
我們都專注於描繪
每一條直線代表的意義。
黑暗，終於消失在伸手不能觸及的夜空。
賸下地平線在想像的地域裡汲取養分
來不及思考的話題
散落在什麼也噙不住的夢境裡。

2. 玄關

你習慣以格柵區別主義
在楣樑與斗拱之間找尋消失的真理
每一條視線必須等距
因光影而浮凸的廊廓間
有些許猶豫但敏銳的聲音
閃動在巴洛克幻滅的童話裡
一條貫穿真實與虛無的陰影
是語意朦朧的早晨
早晨微涼的空氣

穿梭著我們努力卻怎麼也掌握不了的詩

3. 主題牆

陽光佇候在雲雨發酵的天空
設想明朗的節奏是意念留白的高牆，
黝黑的鐵道木標註著難以透視的孤獨
用怎樣的想法，可以讓妳闡述清楚
關於概念；以及我們慣用的語彙，
我們不能緊緊抱持的創作觀。
是銀狐石與鑲金玻璃
揭示的表情，在弧線與弧線之間
交集成追憶與不能追憶裡最深的空白

林餘佐

小事

急遽的沙漫延至腳踝
世界陷入真空中
水、光、空氣逐漸撤走
像是突然中斷的劇場
巨大的沉默如一塊黑布
柔軟地包覆我

我沿著體內的河道散步
乾枯的底部長著雜草
想起某人說過：
「雨季被惡意延遲。」
沿路以石頭描述
每一件發生過的小事：
喝過的水還放在桌上、
午餐前得服藥、
空白筆記本得用藍筆書寫。
我得逐步確認每個細節
如確認發亮的小鎖
能鎖住每一扇門
房裡躺著另一個我

感官盛開如一株曇花
我用慢速播放
早衰的花期
像是一場哀傷的默劇
我著迷所有緩慢的敘事：
慢慢地走過一道走廊
只為了喝一杯水
——這就是我沮喪時
唯一能做的小事。

丁文智

說與缸中魚

隔著一層透明
看著一張大嘴
似在喋喋不休的說什麼

難道你們也有世事要道破
不然
你們何必以理想與夢
扭曲水的自然與溫柔

當然　如此的活在
水之一缸裡
只能不甘的翻著身
以及不自在的游

你們的苦
就在於不能游於河川或大海
既然命運已把你們押於此
要想躍於另一種水的無邊無岸
把自己漂亮成一尾真正有暇自顧的魚

那抱歉
來生吧

【輯五】

吊在樹上的傀儡

吊在樹上的傀儡

李魁賢

失去舞台
失去中央掌控的
一隻手
集體零落吊在樹上
各有扮相
或耀武揚威
或含羞默默
一律蒼白無血色
剩下裝模作樣
任日曬
任風吹
四面玲瓏
毫無方向可循
讓遊客指指點點
隨意撥弄
竟然無人收買

曾貴麟

愛的變形記

誰是爪子
誰是餌
你是野鴿
是會飛行的鎖盒
把你寫進日記
發現自己比你比自己更像抽屜

讓抽屜變成午後街角書店
變成廣場變成街頭
撒滿飼料，讓你的爪子落地
開一場拉丁語系的座談
唸讀每則記事
——今日你是水仙，昨日是
椴樹、月桂樹與唱哭腔的泉水

我的愛人們全部邀請
每個唇印代表一種癮
癮是菸霧裡發音的各種樂器
孔雀的尾巴
巨鹿的角

彈豎琴的你
華麗地有害的耗損身體

你是
你是為了馴獵我而出生的小獸

潘家欣

恐龍

恐龍把下巴靠在我肩膀上，牠的呼吸有青蛙和菠菜的味道。
我試圖回頭，但是整個側面都被牠的臉佔滿：「嘿，可以移開嗎？很重。」

恐龍說：「不可能，我的骨頭很輕的，我是鳥兒的祖先，我是夢的核心與燃料，妳怎麼會嫌夢重？我要吃掉妳這沒有擔當的人渣。」

我嘆氣，連一頭恐龍也來對我指指點點。「你又懂我什麼了，你知道夢是建在肉身之上，你知道燃燒需要空氣，你知道我吃了幾隻鳥兒嗎？」

於是我喚出蠑螈，牠把恐龍吃了。蠑螈說，配塔巴司可醬，還可以，像烤海苔的田雞腿。對了，旁邊那頭小隻的迅猛龍，還有猴子，還有拿著麥克風唱卡拉 OK 的人類，可以順便一起吃掉嗎？我說隨便你了，我的時間要完完全全用來休息，時光旅行和酗酒。

陳育虹

火山

1.

從開始我們
就選擇了火山
在山腳挖石塊
（冷卻的岩漿）
挖井（溫暖的泉水）
砍一些乾燥的
（著過火的）樹
屋子蓋好
在休眠的火山
我們安穩睡下

2.

擁擠
燠悶，亞熱帶山坳
輕微晃動
像搖籃
（不確定的……）
催眠的安全感

我們樂於
允許感官
發酵，彷彿蜜蜂
釀蜜

3.

在我們休眠中
火山醒了
晃動兩次晃動三次
（我們沒感覺）
書架的書掉落
我們遠遠看到某種異形
伸出一千根腳趾
一千根手指
一千根舌頭
撫摸著鳥巢蕨
青綠的鳥巢瞬間變成火

4.

之前在院子
我們種下月桂和金急雨
金黃的雨垂掛著
樹上有雲
重得往下墜

那是初夏
我們偶爾斷訊
斷電
金急雨偶爾飄過
之前，我們
養了一群
貓狗
和孩子

5.

是因為我們
做了甚麼？幾乎
像一種狂喜
惡戲，噴薄的
冥神之怒
體溫攝氏一千度
鐵灰血紅的瑟伯若斯
從我們羽絨枕竄出——
是因為我們
甚麼都沒做嗎低鳴著
它竄了出來

6.

七日七夜

火海，紅海
不分開不後退
它收納我們
七日七夜大雨
冷卻
我們的瞳孔
一切停止於黑
犬吠也停了
以及蜜蜂

7.

——從開始
就選擇了火山
（這搖籃
不確定的……）我們
冷卻成岩石成為
等待焚燒的樹
月亮再度照亮
我們的髮茨，泉水溫暖
我們進入另一次
休眠

註：瑟伯若斯（Cerberus）是希臘神話中守護冥府入口的狗頭蛇身獸，牠有三個頭顱，象徵過去，現在與未來。除了致命的利牙，牠噴出的毒液一接觸地面就能長出劇毒的附子草，而任何和牠對望的生物都會變成石頭。牠的父親是的噴火巨龍泰豐（Typhon），有一百個頭，一百對翅膀；母親是人頭蛇身伊琪娜（Echidna），神話中的「怪獸之母」。

白靈

藤壺之脫

這是最脆弱的時刻，踞坐岩礁陰暗一角，
瞥見岸上那漁人正用舌頭解剖一顆魚頭。
來到眼窩時，宛如舔舐著的是我小小的肌腹

伸出六根蔓腳，舞弄海浪一番後，
我決定打開殼甲的邊緣，拔出柔軟的自己，
一隻腳接著一隻腳，還有艱難的螯

躲進石縫，開始感受自己的虛無

曾元耀

妳在三餘書店看書

倘若妳已厭倦打狗的陽光
像夜行的貓，厭倦白日
那就執行夜間散步計畫吧

踩著港都的舞步
妳來到三餘書店，翻箱倒櫃
尋找更好的命運（註）

避開光天化日的時間（註）
妳從一個書櫃
流浪到另一個書櫃
等待詩集中的意象發情

在二樓，點一杯拿鐵
瀏覽窗外的時間，看末日遠行（註）
或是放任文字在中正路上奔跑
讓盛夏，從衛武營開往愛河

有時妳會躲進地下室
讓展覽的畫，映射妳的心情

有時妳會在三樓，扮演優質的文青
聆聽作家，把風景寫入妳的愛
妳知道，詩意終究
會穿過擁擠的書，向妳靠岸

註：《你沒有更好的命運》、《光天化日》、《末日遠行》是詩人任明信的詩集名稱。任明信是三餘書店的核心員工。

丁威仁

戰備的書香

——寫給刺鳥書店兼致主人曹以雄

我們沿著碎石繡出的彎道
向么兩據點行軍，找尋故友的
頻率，而一隻孤獨的刺鳥
以瘦削的背影仰望
遠方的礁岩

誰把等高線製成琴弦
無意間，鷗鳥以翅翼剝下陽光
我躬身向孤獨借一些日子
把頭頂的天空
留給自己

您以鬍渣配著尼采
下酒，卡夫卡變成處世的
哲學，疲憊的旅人恍若
進入卸除戰備的語境
最接近海的書香比咖啡
更為理性，您說：
「這裏是靈魂的下榻處。」

南風裡，岬角艱難地迎接
不斷交替的熱，暴雨
有如拗救的五絕，路過這個
單純的夏天，我們繼續
行軍，屋簷揚起紅色
的眉毛，指引
燕鷗的航向

沿著夾縫的驚濤駭浪
找一線穿越戰爭的彎路
碉堡內的坑道，您把藝術變成
主義，我們循著寢室
的方位，彙報
閱讀的戰情

開闊的婉約，細膩的壯美
所有看來矛盾的美學
都鎔裁成您寬鬆的
袖口，我只能
用詩句取代口語
排版一頁頁
洞口的
潮聲

余境熹

遜尼派中學生

——馬來西亞東海岸半島

車燈掀開你那一座小鎮
原來已裹進蒼鬱密林
駛過了小漁村，停泊進豐盛港
聞著海風，我說我從彰化前來
你手指南方，山那端
母親，掙扎在魚尾獅爪中

我的故鄉有條摸乳巷
這一路走來，你也介紹弄賓港
拉吉特、關丹
熱鬧卻陌生的地名
今晚該宿在哪處呢？
流落的人，以彼此的體溫取暖

須文蔚

外來種

——記 1903 年的田代安定

一位帝大學生正解說外來種植物：
從明鄭到清朝移民的鄉愁是
一株株桑樹、楊桃、荔枝與龍眼
讓蠶吐絲　纏綿出母親襟上的乳香
教樹結果　在舌間洶湧出兒時的甜美
還有　還有　從長江流域漂流到此
秋日飄香的桂花
新年報喜的水仙
他的滔滔不絕中略帶有歉意的腔調
似乎理解軍屬的思鄉是一顆休眠的種子
寒莓與懸鉤子只能染紅夢中兒童的手指

在此光輝的一年，國內勸業博覽會設立人類館
展現田野調查所得的普世價值與帝國榮光
還雇用朝鮮、印度、支那等國男女作展品
「演習其固有特性及生息之程度、階級
並其惡風蠻習等，以供觀覽。」
如此活生生科學例證竟引來惡意的抗議

所幸來自異鄉的油桐、桉樹、桃花心木都無語
南洋杉與木麻黃次第攻佔嘉南平原及海岸線
柳杉將列隊攀越能高嶺古道佔領檜木林帶

帝國南進的意志如落山風般強悍
恆春熱帶植物殖育場是我手創的伊甸園
超越上帝散落與植栽的法則
乾坤挪移更南方的大王椰子
教帝大的孩子帶回台北裝飾成入口意象
港口母樹園植下爪哇與夏威夷的咖啡木
為天皇的下午茶帶來甘美
為皇軍節節的勝利提神
為島嶼的貧弱與黑暗點一盞燈

在此光輝的一年，冬夜東北季風下我夢見
品嚐完港口茶的海藻香氣後，我返回鹿兒島
背負起噴發的櫻島火山倒插入赤道大洋
把成千的毛葉石楠栽種在南洋的叢林裡
植栽身上都彈痕累累，流淌著鮮血
林間沼澤中燃著火焰，蒸散著哭聲
我在冷汗中驚醒，捻亮油燈照
亮尚在修訂的熱帶植物殖育場規劃書

後記：植物學家田代安定於1856年出生於日本鹿兒島，1895年（清光緒21年，明治28年）中日甲午戰爭後，當臺灣割讓給日本，田代安定以軍屬身分來臺，任職於臺灣總督府民政局殖產部擔任技師一職，1902到墾丁創辦「恆春熱帶植物殖育場」（即今林業試驗所恆春研究中心），1906年開園，成為台灣最具規模移入外來種植物的實驗場。外來種植物對台灣生態過大於功，所造成浩劫，已經在近年陸續浮現，緬懷這位兢兢業業的學者，百感交集。

崎雲

相聚

——《靈寶無量度人上經大法》：「惑亂法身，思存不正，符水不應，呪訣不靈，皆人魔之所試也。」

總是相信孤獨的
他也在那裏，虛危之處
路邊積水澄澈近水銀
將破未破的浮沫
彷若星象演法的壇場
以為此生罪孽
終隨身後的跫音而瓦解
不會與我正面相遇
誰也不會肆意地逾越
如疹蔓在臂，一條河隔開彼此
只待雷電在雲隙冷
簇擁脆弱的浮沫
驚覺未曾發現的意識
包藏心聲：自卑，易感，略有曲折的
善哉童子，原來
也只是哀默的贗品
有誰會依約前來

聆聽我們遞減的熱情
快要蒸發的雨聲
在身後的陰影相聚
在相聚中合成
一具圓滿無缺的肉身

吳懷晨

淺山行

——記二格遊蹤

我該如何描述這一下午的風
相思葉把滿山崗
婆娑成 c 小調的黑潮
流態，芒花低音協奏著
綠繡眼
我心眼
暗自點綴著拉赫曼尼諾夫
風，我該如何描繪

一下午這風，我該如何摹繪
層積雲快速平移
大冠鳩銀翼在對流層，繾綣著
風　不落言詮
數百枚青楓翅果滑翔
黃鐘花蒴果　低吟著
妳的髮梢，把妳
一直往我心靈
盪

我該如何繪聲這一下午的風
斜紋貓蛛
拉了一絲金亮的弓弦，透明獨奏
不寂寞
小黃蝶款款輕飛，向我展示
空間的層次感
累格位移
如默劇
最細緻的渺渺音

末後才見　遠方
峻峭山頭，頭戴一下午的金陽冠冕
獨饗首席貴賓座
悠遠地
將妳我夕風中的剪影
凝視成一對美麗的長鬃山羊

王宗仁

但夢只會更遠

沒有一個插圖也沒有一個標點／沒有章節沒有頁數沒有一個字／閱讀的開始只暗示最後一件事／我們必須的迷失／必須失去一切——品冠〈17 號—但夢只會更遠〉，作詞：李格弟

祂似乎暗示過，有些什麼閱讀的方法，可以讓我們遇見：儘管姿勢和光線都不一定正確，儘管那些都鏤空在靈魂背面，儘管那是本逾期許久，都仍未還給青春與誓言的書。

影子曾經交疊啊，但被跨頁的暗黑阻隔，就差那麼一些些，我低頭踢走所有標點，你昂起臉，背棄那僅有的一行字，以致於遺失了線索。

微弱的故事尚未結束。裡面，外面；遙遠，邊緣。焦慮、疲倦的我們，又多繞了一大圈。一如往常的夜，我們還是閉上眼，讓身形一左一右，吞噬反方向的夢。

吳耀宗

囚室

「本週水星繼續逆行…」
同年生的星座專家這麼說
熱得我縱身按住地球
向火星吐一口火燒的痰
起腳猛將水星
踹回去

說時遲，那時
石光電火了白袍們飛撲而來
按住我，白床伸出皮帶
重新環抱我
扭動，注射，白天花板扭動
白牆壁白地磚白門窗又把我
壓縮成活脫脫
的一個人

昨晚福柯去散步
焦慮的臉部有光
我們穿越幽暗的公園
一名露宿者身上覆蓋的

厚紙皮寫著：

「帶我離開人類」

陳政彥

在逃

一對在逃的嫌犯
綁架了一架輪椅
前後的影子，我們
面目模糊，只把名字
回憶都揣在左邊口袋
不拿出來

從這國家合法的剝削中
偷走我那份，你老擔心
自己落網時的細節
天氣好時，我們會在庭院裡張望
搜查是否持續
你絮叨七個兒女
我想念媽媽，我們都害怕
未知如此兇惡，但
這世界有張認真的臉龐

終於你決定偷渡，一如丈夫
（見了面，還認得出來嗎？
還要大聲吵架嗎？）

餞別不必酒菜
幾針管的夢
足夠讓酩酊沿途飛翔

你在相片上笑得開心
笑得陌生，我卻準備好走向
另一個你，另一段熟悉
不會結束的逃亡

註：外婆癌末，醫生建議居家安寧照護，經友人介紹一名逃逸越南看護幫忙，外婆辭世後，看護又經人介紹前往下一個工作。

渡也

射日塔

塔從八十七年起開始站在山子頂
後方不遠處站著
大個子阿里山

六十二公尺的塔頂，豔紫荊花
長年盛放
花，眺望嘉義每一寸容顏
阿里山每一寸綠意

塔前銅雕雲豹正注視
一群男女和音樂摟在一起
在空地上跳國標舞

　　　（已經破去，青春夢
　　　　何必再想起）

忽見數百年前原住民
在公園叢林中穿梭
像風一樣攜帶弓箭

他們要去射日
原來，當年射日剩下的這顆太陽最兇悍
尤其是今年夏天

（啊……薄命戀花
再會啊再會啊）

我和妻在射日塔頂樓
眺望嘉義數百年歷史
但是太陽拉滿了弓
射中射日塔
射中二〇一四年的我

簡政珍

春之祭禮

難道春天來了嗎？
電視裡人頭騷動
主持人臨時缺席
據說去海外尋春
畫面之外
天空不再帶有暮色
院子裡的愛犬已別有雲天

狗的吠叫
不因為雷雨，不因為晨曦
報紙丟在下雨過後的台階
濕度滲進頭版一個首長的雙眼
有人說，淚水
來自梅雨，不是寒流
為了明年新的話題
老鼠在夜晚聚集
討論如何表演
春之祭禮

楊宗翰

有悟

——淡水河記事

觀音啊觀音在遠遠的山上
崗口五虎看守著薄霧的步伐

罌粟種在罌粟的田裡，知識
砌進學院磚牆的縫隙。教授口沫
灌溉貧瘠大投影，學子埋頭
深耕手機無邊小螢幕

書卷廣場駝不起夕陽
沉甸甸的心事，黑暗降臨前只見你
面有紙色，似一張拒絕回收的過期傳單：
「詩的正義，應該與愛同等長寬……」

河水淡定，任各方遊人以歡語
織出所有最最平庸的日常

楊小濱

淘金指南

比起黃色來，它確實
重了些。這並不出乎意料。
可是，連夢裡的竹竿也能
疊出些塔來，就有些過分了。
無論如何，趣味有多實在，
工序就有多繁瑣——
我的耐心細成了沙子，心情
爛成了淤泥，但巧手
從火星學來的淬煉法，
濺出漫天流螢，漂亮得
認不出曾經是土臉
不過，一打扮真不尋常：
我才知道什麼叫水靈。
但海根本是另一回事了——
只是假裝有黃金，顯出
很富貴的樣子，彷彿世界
藏在一片金箔下面發呆，
度過了幾千年。翻開一張
有黃斑的書頁，只有
魚的切齒依稀難辨，但

一切愛恨都能懸掛在
未來的耳垂？所有真理
都上了無名指的歷史圈套？
好吧，繼續攪，直到
糞的顏色也輝煌起來，
雜碎都變硬，像條漢子，
燦爛地蹲成一團，迎接
夕陽汗津津的撫摸。

馮瑀珊

女體城市

然後她將身體勾成藤蔓：

花開在看不見的城市
從肚臍開始生根
慾望正萌芽，青春崩壞
愛情尚未覺醒
淚水就注定是養分

攀越山陵
中分的傷痕劃開城市界限
含住曖昧的笑容
當然此時愛情仍尚未覺醒
淚水卻開始沸騰

望下走，另一個窪地
插入地標，城市開始疼痛
紀念未曾存在過的愛情
疼痛繼續著，紅色的浪潮
挾帶歡愉後的空虛
仍舊是不同的地標輪番插入

從未停留太久，持續崩壞

斷垣將她的身體勾成藤蔓。

【輯六】

蜘蛛觀

徐瑞

蜘蛛觀

一根銀絲悠然降下
脫離自己佈下的八卦陣
上面掛著的全是
自投羅網的傢伙
注射一劑特製毒液
麻痺後任我吸食

我得離開一會兒
讓禁錮的魂魄紛飛
留下全然透明的形體
我的戰利品

紫鵑

半百宣言

我不再美麗
年近五十該有樣貌
一一浮出水面

一根白髮引來
全軍覆沒
海嘯

眼簾周圍因膽固醇過高
黃色斑點擴散成
歇斯底里驚嘆號

肌膚褪去
彈力青春光澤
匯聚暗沉細紋河流

曾被讚美過的手臂
儼然已是鬆弛
蝴蝶翅膀

我的膝蓋
只准下樓
不許上樓

臀部和大腿間
橘皮組織現象
牽動坐骨神經

老矣
快要變成一尊
雕像

隨時保持微笑
維持和藹可親可敬的
小乖乖

正襟危坐
左顧右盼
莫名其妙

孟樊

三月

三月是
黑色的雪
綠色的花
紅色的樹
藍色的月
金色的雨
Munch 的天空
加一記悶響的雷鳴

三月的
閃電不閃
彩虹不虹
白晝不白
黃昏不黃
黑夜不黑

人哪
嬰孩不哭
婦人不仁
老漢不老

小偷不偷
強盜不強
釣者不釣
歌王不歌

然後　三月的
寂寞是無邊的廣大
喧囂是極致的孤獨
快樂是另一種哀傷
憂鬱在馬拉松慢跑
而精神官能症則是
偉大又渺小

渺小仍然是渺小
叫冬天缺手缺腳
而春日才開始長大
一吋一吋長大

羅任玲

時空的切面

——致陳澄波

是深秋了嗎？古風琴在鐘樓裡
自彈自唱了起來，你走過危顫的
苔蘚，那時空的切面斑駁映照燭光
像東北季風在我的居所欲晚未晚
從遠海颳來檸檬黃金黃寶藍霧青
沉厚張狂偽裝鳥之翅羽
要把黑帽尖塔一一搖撼
是風颱烏金沉黑是我日日也
穿越的幽靜小巷偶爾被擦去了什麼
黃昏駐足在這裡野狗一起
思念故鄉的暗影紅的赭的
夢魘的邊陲廊柱變成瀑布
這裡我也曾經唱詩禱告見證逝水濤濤
有時我還遇見一個旅人孤獨
在不詳的年代凝望你且被點亮
從濃重的灰裡星星一樣擦拭夜空
彷彿擦掉了神秘足跡但你還在
飛鳥也不曾遠去蓬蓬化作

更多暗夜裡的果實晶瑩飽滿
向深黑的過去現在未來穿透而去

陳昱文

卜辭裡的風雨

——記訪中研院史語所

甲骨

聽你敘說卜辭裡的天氣
隔著一層玻璃
豐坪路巷弄裡，桑樹搖曳
採擷暗紫色的果實——

遠古生長的字詞——
「愛」尚未誕生。背著君王
問小路上的幼貓叫橘子可不可以
問未來誰要牽著手綴合新詩

——寫給你的。刻在夢的
甲骨上。鑽鑿記憶的紋路
背著君王，那一隻在春天寫驗詞的纖手
做桑葚果醬塗抹海的背面

自水裡搶灘的字詞，月光下孵化

一隻一隻不打傘回到遠古的擁抱

獸骨

聽你敘說刻辭裡的林地
隔著一層玻璃，雨滴
落在多情的犄角
白色柔茅搖曳春天的血液

征戰後的心情想擁抱你
祭祀草叢裡的謎
風把身子壓低來回摩擦戈尖
上細微地呼吸。狩獵我

系聯我，象形我，尋找我
在多蘆葦的流域。以星體的顏色
判斷季節的風從那一朝代吹來？

身多蹄印唇印的你穿過玻璃拓我的名輕輕。
靜夜中我自古代典籍長出多情的犄角潤玉。
滿身白茅的我們搭乘那一路公車回去？

葉莎

無涯。無盡

最遠最遠的那次暮色
被嵌在小窗上
天空有漸漸後退的晴朗
小部份被刷洗過的淺紅淺黃

我在廚房烹煮菜餚
將告別一道一道端上來
母親說，而今而後就是人婦
我嚼著米飯
家鄉竟有黏意，半軟

時常，那男子走入夢境
雙眸晴朗且叫喚聲音悠長
溫柔飛翔，俯衝時雄壯
分明老鷹的模樣
若愛是岩石我也樂意衝撞
必使之柔軟時時刻刻充滿糖
那甜無涯，我如是想

最近最近的一次距離

彼此站在海的兩端
床褥家具衣服被波濤深深包圍
孩子嗚嗚的哭鬧
褪色的囍字在海面上歪斜飄浮
我們彼此映照
看見鷹的銳眼和爪的深痕
看見有船靠近
暗自升起訣別的帆
就要開往各自的遠方

這一天暮色熟悉
我拾起黃昏的針線
再次為孩子縫補哭聲
在每個節拍縫上母愛的結
內心竟飛出最初最初的那隻老鷹
所有的黎明與黑夜
不過是日日擁抱的練習
我又如是想

陳芳明

離群索居之鴿

有誰怦然敲下一個琴鍵
回響在冰涼的雲天
所有朋友紛飛而去
我是離群後最孤獨的聲音

有誰願意參加我的合唱
空出來的五線譜
是演唱會缺席的友伴
冷卻的寒流四邊圍攏而來

有誰聽見季節裡的呼喚
溫暖記憶隨河水翻滾而去
唱不出的歌聲鎖在喉底
群山沉默下來，屏息等待

有誰望見我的來路與遠途
不要輕易這樣解釋我
河的盡頭春天已然在望
你就要聽見我的同類回來高唱

有誰敢說這是時間的終點
我的孤獨只是一個小小象徵
抵禦著洶湧喧嘩的流言
我暫時只是失去合唱的單音

有誰就要站在橋上舉目眺望
我將展翅飛翔，朝向艷陽的晴空
等著看吧，我的友伴回來時
河床盛開的繁花就要聽見大合唱

——2015.1.11 站在橋上偶得

楊柏林

應緣

隕石先行
穿過心道三千大千琉璃世界
坐落東北角海岸緯度
而聖山寺內圍的蕨類植被
活躍在金字的光影裡
思維菩薩單膝懸空盤坐
某個剎那中
一滴修行的血，大破大立之後
凝固成一群飄逸的星球
回到宇宙的應緣之地

紀少陵

在　路上

收到醫院開出紅單
即日起　最好龜速人生
三高少用　至少降至一高
或是改走平面道路　平安至福為上
紅綠燈檢驗結果　閃閃爍爍
滿滿是醫囑的眉批

宜花東宜居　不宜週休二日
台九線與都會人的血隧　週週心血管堵塞難移
大叔請樽節你滿腔的熱血　注意尿酸與血糖
在轉角處　候通告
前方　留給年輕人待轉
他們尚青
不要擋住他們　刻正開啟的視窗

在　路上
以前被你飆速飆罵的老人家
現在就安排在你的　顏面　肩頭　與關節
腎可疑結石　膽子居然變小　脾（氣）竟然腫大
請注意中風　痛風與傷風

目前血液透析者眾
還輪不到你手持杯飲　進來洗腎
切莫持續貪杯
持續　熬煮夜色

大批人車再度塞在血隧　警廣曰：「高密度脂蛋白膽固醇偏低！」
那是必吃　必買　必遊的人生
你該清理下水道週身管線
且讓他們　一例一休

記得預約回診
在路上　驀然回首
老妻與小女的神情笑貌　如斯娑婆

壯歲心旌依舊張揚　我俯身下望

醫囑提醒如有症狀
卻錯把泌尿科　誤植為沁尿

縱然是行走江湖　也要乖乖識相低頭
將一身老朽與失靈的配備
早早　進廠維修

林彧

一袋春光

要去旅行的早晨
母親摘了一把青翠的陽光
給我：小心，春天薄過蛋殼
我沿途揮灑，多汁的
歲月，晶閃的是，淚珠
母親的最後一趟旅行
她走，我寂寞。在陰暗的
屋角，仍窩藏著
一袋餘暉。說是，寒冷時
就抖開吧，曬曬也好

王婷

老

戰爭的砲聲
從年輕時就留在他的體內
轟隆轟隆爆炸聲
焦掉後只剩黑
老得挺不直腰了
不知道是佝僂不需要華麗的衣裳
還是永恆的定義已經改變
當年空盪盪的衣櫃和如今孑然一身
在寒冷的早晨
有種莫名的熟悉
臂膀上　只剩一隻不自主的手
空蕩蕩揮舞著
與今年第一個冷氣團
凝成砲彈
把一顆心打個千瘡百孔

龔華

冬青樹

星星們都厭倦了
剩一點點月光鋪築夜路
支撐地球

自轉多少年了？

青春的光年越拉越遠
直到長巷盡頭埋伏的黃昏
割裂了眼角
鳳凰木流下火紅的血花
素顏的木麻黃
不再掛著鈴鐺妝扮聖誕季節

無分冬夏的澆灌
也早已使妳疲倦
而冬青樹苗
始終陪著妳沿　圍籬
一路看守

卻是無關歲月的藩籬

何以老將竟也難以抗拒
沙場的迴盪

竟也惹得淚落滿園
當睫毛只是輕輕掀起
迷路雪花

不過一場雪啊！

看那層層覆雪下的
冬青樹
依然
綠著凍傷的綠

洪郁芬

迷宮

每一個岔口都有兩道聲音
是氤氳的白花與低雲，或是
光影對比的日照與樹蔭
難以辨明它們所屬的季節。我知道
不受管教的肉體循著悅耳的鳥囀走回原點

離開的路盡是枯萩交纏的枝子
迷失在鋪滿桃李的花毯，許多時候
選擇月橘花香的小徑，譬如快樂
在漫長的黑夜前埋首於胸口的悸動
聽迦百列對天咆嘯而予我耳語

整座迷宮是個遊樂園，我情願不出去
突如其來的終點是淡薄的微風
像遠離浮城，頭帶著荊棘坐在寶座上
拋下的石頭提醒我於遊戲結束前及時回轉

而我仍迷戀杜鵑花叢蜜蜂歡快的呻吟
在漩渦中期盼這個早晨
不用雙腳，以上帝之吻
帶我飛入永恆繁茂的春天

顏曉曉

女人的戰爭

雙眼矇上一層灰黑
寄身在四處漂泊的空氣
拉長的夜，隱身白晝末端
記憶，匍匐妳最後的美麗

陽光從爭執中不停墜落
藍天突然轉彎，奏起變調曲
白雲瞬間，掉落傾盆大雨
回憶跌進各自的墳場
生活從此隔離成一座廢墟

隱藏不及的軀體
悔恨自瞳孔裡灼燒成煙硝
焦黑著塗抹每吋肌膚
腦海裡曾經相愛的畫面
撕裂成碎片，化成一味
不會痊癒的苦藥

人海中隱藏妳的背影
口罩下，骷髏般駭人的面容

低垂的視線難以與我對焦

寂寞彷彿波浪游向妳
一隻無法洄游的嗜血鯊魚
在妳枕邊隨時準備突擊

古月

落雪

閱讀一本書　並沉溺
彷彿走進一條荒蕪小徑
風拂過蘆梢的聲音
把我拉入虛境
燎起一絲火花

多麼困難的領悟
讀你　在彼此的逼視中
能交換多少心得
卻感到靈魂蓄滿的能量
隨時都有爆發的傾向

宛若寂寞的愛情
陷在幻夢悲哀的溫情裡
心如折羽的瓢蟲
仍傾洪荒之力啃噬葉脈
只為與一場孤豔冷遇

千百次　紙上落雪
是怎樣的情懷

又是怎樣的傾訴
在落雪的時候
風藉蘆梢送暖
淡了憂傷

王厚森

花、夢、痕

——讀古月詩集《巡花築夢》有感

1. 花

花非花
是一張從木窗格裡探出
仰望四季的臉
昨日驟雨過後
記憶的青石小徑上
磚瓦無聲斑駁
歲月成為潮溼的柴薪
誰還能夠點燃
那一盞署名為詩的
心燈

2. 夢

夜
有時不眠
且放任一紙輕盈的薄箋
恣意遊走於書房

濃淡筆墨
迷濛間
一名從唐傳奇出走
穿梭若蝶影的女子
在豐潤唇間以月光傾訴
詩語抒情的祕密

3. 痕

琴音不再
那擾動的滄桑
曾經讓荷葉飄過
無痕
夢裡
反覆追尋的故鄉
是一條奔流無止盡的河
遠山是一杯苦茶清香
煙雨讓柳枝借來的故事
眼淚複調起石橋哀傷
天青之後
仍要邁開腳步繼續前往
下一個狂放或溫柔的五月
那天際深情的凝望
仍是巡花
亦是築夢

秀實

退

詩歌平庸的在陳述著某些事件，並把本來微不足道的
寫的極其重要。有人膜拜微物之神而繁複的世相裡
季節不歇地遞嬗和蒼老，那簡單的雪白容納不到
一頭瀕危的北極熊。只有極地上空那密密麻麻的星子
讓我們知道，所謂世間和朝代，所謂島嶼
都不過是一場虛假的盛宴

預言來了。罪與罰同樣降臨
在眾生紛紜裡我在尋找一隻小豬
並終於發現命裡的圖騰
它發亮，簡單又均勻的呼吸
面對的未來是相擁並聳立著的
那些退函卻說，它有光明的坦途
只因我書寫的是預言而非詩歌

宋子江

翁柱

不曾想過養一盤仙人掌
久而久之就養了七年
無害的綠色日漸壯大
長著粗幼新舊不一的刺
彷彿與空中浮塵對峙
總有人在背後指點江山
人與人的距離只有從親近到中傷
好在花籠裡還有這盆沉默的翁柱
讓我幻想尖酸背後還有什麼故事
三分微毒的人性裡有七分善意？
玫瑰百合的陳套非我格調
不如回到你面前遙想放涼了的過去
如何在炎炎烈日下長出新的生命
小刺球在根部安靜匍匐
延續長短錯落的圖騰
再看一眼因太過親近
而腫脹瘀紫的指節
尋思生活的浮躁起伏
反省從未發現卻已消失的自己
冬夜醒來到窗前斟水

茫然深寒裡閃爍著幾盞孤燈
翁柱栽插在幽靜的黑暗裡
懷想背後溫軟的白玉

張默

詩，重量以及騷味

我從蓮霧的水線，剪貼你的氣質
我從山巒的心臟，撲捉你的呼吸
我從稻穗的瞳孔，迤邐你的腳印
我從雲彩的眉睫，暗忖你的重量

是什麼使你那樣的瀟洒
那樣深情的遊走四方
那樣的不知天高地闊
那樣的氣定神閑
那樣絕對的自我
那樣的獨特、驚兀、甚至無形無狀
誰也說不準，到底你的底部有多深
一個畢生以抒情為主調的浪人
能把你安安靜靜絕絕對對的攬為己有嗎

不，不，不，不，不
你是中外熱愛書寫者心中最最猜不透的謎語
你是塵封千載不動聲色的箜篌引
你是笑傲江湖蒼蒼朗朗的兵車行
你是乾坤旋轉坐擁書香的滕王閣

你是貝克特抓住一片空寂的等待果陀
你是梵樂希情逾隔世的海濱墓園
你是里爾克獨釣滄浪的奧菲烏斯
你是艾略特浮雕奇夢絕想的荒原
你是韓波奔向青青希望的醉舟
你是 E．E．康敏士活在斷連有序的參差裡

或者，你還意猶未竟
偶爾你也會眺望一片空濛的遠方
你會停在一株昏昏欲醉的華山老松上
在擦耳崖喃喃獨語
我到那裡去取詩經疎野的寶典

畢竟你彷彿有跡可尋
你的味道還是淡淡散洒在生活的四周
不論你心裡的風向球如何懸掛
大夥兒還是一個勁地狠狠盯著你
燦然細察你的一舉一動
唉唉！如果一首詩沒有特釀的騷味
那是那門子的藝術

嗨！嗨！嗨！嗨！嗨！
那些深藏不露不絕如縷的情愫
每天不斷剪裁歷史的

強烈企圖攀越時間的峰頂
人間最最親摯可觸的
詩的諸多感覺，如是等等
哈，里，路，亞！

附記：本詩寫於 2014 年 3 月初上，是我於《創世紀》刊出的最末篇，60 年盛會已過，讓汪啟疆們持續再創這個老詩刊的新頁。自 2015 年 1 月起，本人不再勤於參加詩文學活動。本人他日往生時，採取樹葬，吾堅持「我是來去自如的流水，不帶走人間一片雲煙」。

——2014 年 10 月末於內湖

國家圖書館出版品預行編目（CIP）資料

鏡像 : 創世紀 65 年詩選 (2014-2019) / 辛牧 , 嚴忠政 ,
姚時晴主編 . -- 初版 . -- 新北市 : 斑馬線 , 2019.09
面； 公分
ISBN 978-986-97862-3-2（平裝）

863.51 108013424

鏡像：創世紀 65 年詩選（2014-2019）

主　　編：辛牧、嚴忠政、姚時晴
作　　者：汪啟疆等 108 位
封面設計：MAX

發 行 人：張仰賢
社　　長：許　赫
主　　編：施榮華
出 版 者：斑馬線文庫有限公司
法律顧問：林仟雯律師

斑馬線文庫
通訊地址：新北市中和景平路 101 號二樓
連絡電話：0922542983

製版印刷：龍虎電腦排版股份有限公司
出版日期：2019 年 10 月
ISBN：978-986-97862-3-2
定　　價：380 元